林中／弦音

POETRY

林弦詩選

林弦・著

林中弦音的自然和表現

李魁賢

一、蝴蝶忙著　捕風捉影

　　自然主義美學是在十九世紀末到二十世紀初在美國發軔，前期代表人物為桑塔亞那（George Santayana,1863-1952）。為了調和唯物主義和唯心主義的兩極，桑塔亞那提出「存在──本質──心靈」的三元論。在桑塔亞那的心目中，「本質」具有物質和心靈的兩棲性，既是直覺的對象，又是直覺經驗本身，可以說是存在於主體在觀照對象的瞬間，被心靈所把握。因此「本質」成為存在與心靈之間的中介，其實也是中心。而「存在」是無目的性，自如自在的自然運動，即使通過經驗「本質」也無法經驗到「存在」，而只能用符號或象徵來顯示「存在」。而存在、本質、心靈三者，只有在自然裡加以統一，桑塔亞那把人類感性和理性的精神活動，都站在生物學的自然本能之基礎上加以說明。

　　桑塔亞那把經驗區分為直接經驗和間接經驗。直接經驗是心靈對本質的直接把握，屬於直覺的、純粹的體驗，是一

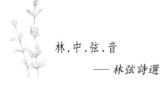

種美感判斷；而間接經驗則是心靈對本質加進了直覺以外的
解釋，擴大聯想或賦與意義，成為一種道德判斷。

　　桑塔亞那認為藝術的基礎在於本能和經驗。當主體心靈對
無目的性的自然存在客體，透過自然本性意識到其目的性時，
會賦與客體以人性，並使客體理性化，這種藝術手段和本能一
樣是不自覺的，但藝術表達的思想，也是根源於人的本能，可
以說是一種天賦。

　　理性源於本能，本能又借助理性，因此，藝術其實就是
一種理性活動，要改變現實世界的自由活動。由於桑塔亞那
把自然界看成「理性生活的基礎」，又把人基於自然本能的
活動看做理性生活，就這樣無形中把主、客體在自適自如的
「自然」中加以統一。

　　所以，主體在直覺經驗中把握本質的時候，其實就是透過
本能和理性把現實世界和自然串聯、疊影。經由理性找到和
諧的關鍵，再適度結合美感價值和道德價值，產出主體在知、
情、意各方面的心理滿足，而獲得真、善、美的藝術境界。

　　奉行實用主義的杜威（John Dewey,1859-1952）為了解決
心物二元論的各執一端，乃主張世界的本源既非物質，也不
是心靈，而是超越二者的對自然之經驗。並認為與人的有機
體產生相互作用的自然，才成為經驗的成份，可見杜威重視
的是現實經驗，以此為基礎，杜威認為美感經驗是日常生活
經驗的延伸和連續，而透過美感經驗可以感受到經驗世界從

緊張到和諧的過程。因此，它強調「藝術即經驗」，可見杜威的經驗自然主義哲學觀，和桑塔亞那的自然主義美學是相通的。

　　臺灣現代詩多年來的發展，被導向極端唯心主義的方向，寫詩的人可以根本忽略經驗、忽視自然，一意孤行，以缺乏現實經驗基礎的文字操作，連綴成看不出主體心靈的基點，摸不清本質把握的原則，也顯示不出客體存在的象徵，儘管可以美言曰：純粹經驗，其實是一種內心的經驗，意即不是對「自然的經驗」的第一手經驗，而是對「經驗的經驗」的第二手資料。詩人竟然可以不必勤於觀察世界，不必努力吸收經驗，可以單憑紙上作業，寫出一大套脫離現實，既無法探究其經驗的實質，更無法感知其經驗的象徵，而這種現象卻成為臺灣詩壇的主流價值；不，其實是主流媒體掌握下集體催眠的虛無主流迷幻。

二、風在歌唱　千隻手　萬隻手　都鼓紅了掌

　　林弦的詩創作生涯起步相對來說較晚，已將進入中年才開始熱中於寫詩，但一出手即優游於自然經驗的豐富資源中。她的出發有兩個有利的特點，在時間上已超過了精神浪漫時期，她不必囿於為寫詩而寫詩，即以寫詩為目的的浪漫

情懷，而是企圖去理解和把握世界的本質，嘗試訓練透過心眼，以詩為手段，去認識存在，並反省自己心靈的世界；在美學上超越了語詞浪漫時期，她鄙棄視文字為經驗的虛假作風，而專注地凝視自然，以自然經驗作為美感經驗的基礎和主軸，充分發揮了自然主義詩學的特質。

林弦在新詩創作方面的投注雖然為時較晚，但她對詩的涵養其實發軔很早，這要歸因於大學時代的古典詩詞學習和寫作。從她留存的少數古典詩詞裡，已可以看出她對自然主義的偏向，鍾情於自然經驗，寄託於自然意象。當然有些經驗可以看出是從他人的經驗而來。因為古典詩詞語詞上的拘限，免不了會無意中或不可避免轉用意象，而這種意象其實對詩是一項致命傷，因為不假借直接經驗去把握本質，會發生能動性不足。這也是林弦自覺到古典詩詞不能開創出她所要理解的自然，而終於自動停止繼續寫作，雖然她曾參加大學學生聯吟比賽奪魁，而獲得師長的讚賞，這些早期習作就在第三輯《古典抒情》裡留下鴻爪。

林弦的新詩以短詩為多。曾幾何時，臺灣的詩人喜歡把自己大多數三行的短詩題曰：俳句；但既不墨守日本俳句的十七音，也不定納入季題，所以俳句漸漸失去精確的意義。林弦的短詩不自稱俳句，不限三行，不限十七字，可是倒幾乎都容納季題，這是她特別重視自然經驗的現象和結果。從第一輯名稱即可顯示林弦創作上的主要方向和她在意象經營

上的著力場所和資源，而在此輯裡分成：〈春之祭〉、〈夏之戀〉、〈秋之思〉、〈冬之慕〉，以及〈四季風〉，便可概見四季變化的「自然」是她詩創作的重大磁場。

　　林弦的「自然」確是自自然然，都是最平常的自然經驗，幾乎是人人日常生活中親眼得以目睹的一些物象和景觀，這些客體存在是那麼熟悉，到幾乎再也引不起陌生化的藝術衝動，但林弦卻能排開太過現實化的表象，憑直覺去把握心靈相通的本質，並以象徵去體認自然的存在。自然客體的描述往往是「唯物」的，但林弦用直覺去把握的時候，卻轉為「唯心」的出發點，而透過本質構成或完成一和諧的世界，這是桑塔亞那「存在——本質——心靈」三元論的適當註腳。

　　林弦的詩有相當理性的邏輯結構，先觀察自然，接著心動，然後出現本質，加以和諧統一，往往在極短的詞句裡，產生畫龍點睛的趣味。這種三元論的三段結構，又暗含了三段論式的辯證。就以〈春（一）〉為例：

　　　　花與花之間

　　　　雲與雲之間

　　　　蝴蝶忙著

　　　　捕風捉影

在「花與花之間」與「雲與雲之間」都是自然景觀，一種靜態的存在，當然雲應該稍有動感，但就整個場景的相對性而言，

還是可以靜態視之。花在地面，雲在天上，二句之間形成立體的空間結構。更具體而言，「花與花之間」是橫向的水平關係，「雲與雲之間」也是橫向的水平關係，但未著墨的花與雲之間，卻是立面的垂直關係，這種靜態空間是有秩序的存在。接著蝴蝶穿梭其間，造成一反佈局的動感，蝴蝶忽而要在花間，忽而要在雲間忙著，可見其動態幾乎自由自在得毫無秩序可言。而相較於寧靜的自然景觀，蝴蝶的運動正暗示著其實是作者的心意在動，或者也可以說是蝴蝶的動態擾亂了作者的靜觀，隨之心動。在相映成趣之下，把握到了「捕風捉影」的本質和象徵，蝴蝶在雲間高處飛時的「捕風」和低處在花間鑽時的「捉影」，是非常實態的觀察。但「捕風捉影」的成語已在社會上習於用來描述穿鑿附會或造謠生事等不切實際的行為時，林弦把它復元到原有的自然生態，竟然多一次轉折又產生一次陌生化的驚奇效果。不但在顯義上，使花間和雲間的靜態（正）藉蝴蝶的動態（反）產生自然的和諧統一（合）的場景；而且在隱義上，使花和雲暗喻穩定的社會正派人物，而蝴蝶象徵著紛紛擾擾到處串聯的反派角色，而透過「捕風捉影」掌握自然與社會的本質，完成「自然的社會化」或「社會的自然化」之創作性藝術手段，這是正、反、合的辯證過程。

從林弦的短詩中處處可見她對語言的敏感性，往往可以把世俗化了的語詞因配置的關係，而產出不同語意變化，例如〈春（四）〉：

花樣百出的季節
招蜂引蝶

文句簡單得像是一個單純的陳述句，但「花樣百出」對春季的描述，不但貼切，既點上了「花」是春天的主題，而百花競豔正顯示春意鬧，招蜂引蝶自是春季的實況。然而「花樣百出」的世俗化成語無形中也把「季節」主詞社會化，成為活潑而不正經的人物或行動，「招蜂引蝶」也跟著轉化為形容人性的俗語了。整個語句就從單純陳述轉型為富有象徵意味的意象語言了。

在上述三段論式的結構上，林弦也有倒裝形式的變化，例如〈觀瀑〉：

白髮三千丈
春山已老
竟還如此嫵媚

李白以「白髮三千丈」暗喻「離愁似箇長」，林弦卻把白髮三千丈借來形容瀑布長洩的雄偉自然景觀。這個意象的挪用實際上已是心靈透過自然經驗的直接效應，和轉借自李白文字經驗的間接效應，這樣雙重感應把握到的本質，成為

「合」論而倒置率先出現。那麼,已經有白髮三千丈的「春山」,顯示其極老,是形象化客體的自然造型。這個客觀「正」論,隨即被詩人主觀的讚歎推翻了,因為作者歎為「嫵媚」者,反而擺脫視瀑布為白髮的聯想,而恢復自然原貌。所以,在行文上,這是合、正、反的倒裝。然而,若以存在為著眼點,其實「嫵媚」才是正論,「春山已老」反而是想像的結果,這樣更接近合、反、正的完全倒置。

即使對一些客體的觀察,林弦也常常會有一些另類的詮釋,帶來一些匪夷所思的驚奇感。例如〈秋(六)〉:

> 難耐長夏煎烤
> 開始舞起清涼秀
> 日漸裸體的樹

把入秋後,樹逐漸落葉的現象,解為不堪夏季的煎烤,所以逐一脫掉身上的披掛衣衫,但求清涼。然而,又一下子與清涼秀聯想勾串,轉變成人間情趣的一幕,加強了社會自然化的效果。又如〈風扇〉:

> 在盛夏的軌道
> 熱得團團轉

對風扇的形象化描述，不無反身訴苦人的遭遇，不管是現實季節的熱，或是以盛夏暗喻暴虐的存在，而風扇原是在夏季為人產生涼風解暑的，可是自己反而是「熱得團團轉」。林弦對語言的敏感和掌握的敏銳，即使以簡短的詩句，也能產生新鮮的詩趣。

有些形象化的描述，會令人眼睛為之一亮，例如〈楓〉：

> 風在歌唱
> 千隻手，萬隻手　都
> 鼓紅了掌

楓林裡，風一吹動，紅葉隨著搖擺生姿，本身便是極為動人的畫面。而林弦把風動喻為「風在歌唱」，已增加了更為動人的人間性，而把楓葉的搖動喻為「鼓紅了掌」，與風成為相互感應的和諧關係，甚至連字「風」和「楓」都是近親。而且經過這樣意象化的轉折，把自然和社會結合得更加緊密，不露痕跡地完成自然社會化的轉型。讀者在熟悉這首詩後，遇到人間鼓掌場面，大概很容易浮現楓葉或甚至楓林的自然景觀。所以，此詩實際上同樣部署了社會自然化的局面。

林弦觀察自然景象的另類詮釋，加上意象的飽滿和自身俱足，產生濃密的詩意。試以〈冬（二）〉為例：

> 為了歡迎雪
> 樹葉讓出了
>
>
> 整座山

一場雪山枯林的蕭瑟景象，竟被林弦寫出了溫馨的人情。在自然生態裡，樹葉因寒雪而落，這是因天候的嚴酷造成的無奈，可是在詩人筆下產生了符號的倒轉。同樣是雪封山、樹葉落的客體存在，林弦卻把心靈體會的意義改觀，成為樹葉為了歡迎雪，把整座山的林中空間都空出來，讓雪擁有一切。這裡不但展示了自然的美，也透露了詩人謙遜的氣質，透過經驗把握的本質，確是作者性情的自然流露。

林弦的短詩能夠精確掌握到靈光一閃的瞬間意象，而且大多能遵守客體本身的邏輯關係，以及心靈聯想的比喻世界之邏輯關係，在二維度的平行發展中，藉用意象轉接，而產生立體交叉。這就是上面一再提到過的自然社會化和社會自然化的相互串聯。其例比比皆是，試再舉數例如下：

> 西山
> 最愛典藏
> 夕陽
>
> ——〈黃昏〉

一眨眼
看盡
人們的驚愕
　　　　——〈煙火（一）〉

吻別天空的
相思淚
　　　　——〈雨（二）〉

剖你的心
流我的淚
愛的難題
　　　　——〈洋蔥〉

母親為
醞釀十月的傑作
落款
　　　　——〈胎記〉

> 紅蜻蜓和溪水的
>
> 戀情，不過是
>
> 浮光掠影
>
> ——〈點水〉

　　林弦的創作都從經驗出發，而且率皆普遍的經驗，人人經歷過的尋常的經驗，只不過她善於體會透過直覺的直接經驗去把握本質。因此，在她的詩作中提供了「經驗的深化」的最佳訓練和操作，可以把最平凡的自然現象，表達出獨特聯想，超脫現實，而實質上更緊密反映和投影於社會的波折，體現了「藝術即經驗」的最好註腳。

　　在意象的統合中，隱約可以看出林弦在意象的底流有間接經驗的滲入，她在對自然意象的經營中，常賦與人間的意義，只是在前後連貫意象串接中，不易顯現罷了。

三、鳥有遺忘自由的自由

　　在桑塔亞那的自然主義美學大致同一時期，歐洲出現了表現主義美學的思潮，可以義大利的克羅齊（Bendetto Croce, 1866-1952）為代表。克羅齊是唯心主義的哲學家，他在美學上強調直覺，認為藝術即直覺，或者說直覺即藝術，

亦即意味著直覺是心靈主動的賦形活動，而未經直覺賦形的感覺係無形式的物質，是不真實的存在。因此，未經直覺賦形的自然客體，當然是永遠不存在的。由於克羅齊認為直覺是心靈的賦形活動，因此，直覺只在內心完成，而不需外在媒介，可是又強調「直覺即表現」；那麼表現便不能缺少外在媒介。

克羅齊認為心靈可以統攝一切，而物質是靠直覺而存在，因此，心靈不需與自然客體相互參照，又因直覺即表現，故心靈可以主動的表現方式便能決定物質存在的形式，甚至於可以不要形式，所以是唯心論的，與桑塔亞那的三元論有很大的不同。即克羅齊否定了外界自然的存在，也不在乎透過經驗去把握本質，藉由符號或象徵去認識存在了。

由於不必假借經驗為基礎，則藝術只是一種心靈的想像活動，其對象為個體，所產生的是形象化的意象。克羅齊強調藝術是在形象化的過程中就已經完成，因此，他否定物理事實的存在，於是，自然也根本不存在了，自然美則純粹是心靈所賦與，而與經驗毫無關係。

克羅齊認為意象性是藝術的一個最根本特性，因此排斥在藝術中表現理性或理念，不過已經轉化為意象的理性或理念則除外。

克羅齊表現主義美學的重點在於維護藝術的獨立性，其目的無非要擺脫與效用、道德、實踐價值的關聯。可是這種

「為藝術而藝術」的主張並非絕對性的。克羅齊承認獨立性的藝術創作與心靈活動的其他層面仍保持有某些依存性，亦即人類心靈活動的概念和知覺，也是影響知覺或支配意象的一個力量或體系。因此，基本上來說，純粹意象幾乎是不可能成立的，因為有些顯義和隱義會自然延伸，甚至會超出作者的無意識或無目的性。

就詩而言，克羅齊特別重視語言的表現，他認為語言和詩是一致的，這顯然是受到維柯（Giambattista Vico,1605-1744）的影響。維柯認為人類最初的語言都是通過形象思惟而非抽象思惟，充滿隱喻和幻想的語言，因此，原始人創造的語言充滿詩意或者竟就是詩。如果我們注意初期運用語言的小孩，也是這種情況。是故，詩常出現在不求甚解，或「驀然回首，那人卻在燈火闌珊處」的意外驚奇。

在克羅齊看來，語言和詩一樣是心靈的創造，鑄造新詞語或變化舊詞語的意義，同樣屬於創造活動，因而對已用語言表現過的物象，要採取不同的表現方式，才能繼續產生新的詩作，這樣的語言表現論，一直影響到後來的結構主義。

克羅齊的表現主義美學和桑塔亞那的自然主義美學有明顯不同的層面，克羅齊以心靈的直覺主導一切，忽視自然美的獨立性，認為那是心靈活動的外射，而心靈在表現上有無限的自由，語言也同樣可以有改變規矩的表現，這種非理性的傾向，和桑塔亞那透過理性活動試圖表達成主、客體的和

諧成為極端相對，因為在克羅齊的藝術思想中，自然客體根本沒有地位。

四、血的歷史曾向和平保證

林弦在短短的創作期間，除了自然主義的風格外，同時展示表現主義的風貌，頗為出人意外，其自然主義的典型大多集中在極短詩方面，而表現主義的傾向則以中型詩為主，也是壁壘分明，但中型詩也有些意象主義濃烈的作品，甚至有些偏向浪漫主義，風格比較不是在統一的方向上發展。

林弦顯然不是意識先行的那種創作者，她的自然主義作品大多是年輕時鄉下生活經驗的自然追憶，而表現主義作品則有她成長後進入城市生活並參與了一些社會運動後，透過意象表現其理念的回想。因為經驗對林弦而言都是過去式，正好印證了「詩是激情後冷靜下來的回憶」的說法。所以，無論傳達手法上的自然或表現，林弦基本上有些詩的質素是一貫的，她的詩法基本上是抒情的，但既不激情，也不濫情，她盡量讓意象本身去發揮本身的生命力，在語言的應用上頗能展現理性的布置方式。而她在風格上的變化，倒是題材的差別很大，影響到她敘述的方式。因此，林弦自然主義作品的特徵是射標式，抓到關鍵點，讓意象在焦點上達到飽

滿，然後一針戳破。而其表現主義的特點是圍獵式，層層包圍，把意念藉機擴大延展，使意象向外膨脹擴大成圓。

　　林弦的表現主義作品或許可以〈鳥有無限自由〉為其典型：

　　　　鳥有無限不為人知的自由

　　　　鳥有不勞而食的自由

　　　　鳥有不擇而棲的自由

　　　　鳥有對檻歌唱的自由

　　　　鳥有對主人舞蹈的自由

　　　　鳥有就地拉屎的自由

　　　　鳥有遺棄風裡來浪裡去的自由

　　　　鳥有近視的自由

　　　　鳥有兩腳發軟的自由

　　　　鳥有啄掉翅膀的自由

　　　　鳥有遺忘愛情的自由

　　　　鳥有遺忘敵人的自由

　　　　啊啊　　鳥

　　　　自由

　　　　鳥有遺忘自由的自由

詩中主角的鳥，其性格閃爍不定，原因是「鳥」是統稱，包含各種可能的屬性，作者並不是在吟詠一隻典型鳥，這隻鳥有時是自然鳥，有時又是人的投影或化身，無論視為擬人化也好，看作象徵也罷，這種人性也是雜亂的綜合體，不是典型的塑造，不然就形成現實主義作品了。鳥是不是有「無限不為人知的自由」，其實是詩人強加賦與的屬性，然而這種神祕性，作者都試圖一一加以揭開面紗，因為接下去要揭發的種種自由，應屬於作者原來認為「不為人知」的部份，而這些形形色色的自由，不過是從人的立場去強加解說，可以說林弦利用各種意象的鋪陳，不過是要表現她的理念。而最後「遺忘自由的自由」本身是一種兩難的困局，意即絕對自由的境界，也可以「遺忘自由」，其實就是「放棄自由」的一種替代式說法，放棄自由也就等於沒有自由，這是林弦所要表現自我顛覆的一種難局。詩中處處顯示以直覺去捕捉意象加以鋪陳的現象，而理性的組織力量就相對減弱了。因為，在表現主義立場上，藝術的特徵是不具手段和目的性的。

另外一首類似、可以作為典型作品的是〈保證〉：

我保證
我敢保證
我用人格用生命向您保證

我們保證

我們敢保證

我們用品格用信譽向您保證

政黨向人民保證

老闆向員工保證

商家向顧客保證

男人向女人保證

女人向小孩保證

蜜蜂向花朵保證

浪花向沙灘保證

風向答案保證

愛情向永恆保證

上帝向靈魂保證

保證

保證

保證

血的歷史曾向和平保證

從「我保證」，到「我敢保證」，進而「用人格用生命保證」，表示逐漸強化的堅定。接著由個體的「我」又擴充到群體的「我們」，同樣從「保證」到「敢保證」，進而「用品格用信譽保證」，是縱向和橫向的雙重加強語氣。接著一連串有相生相剋現象的對象之間的保證，開始呈現逆轉的疑慮，因為其間許多保證，其實並不是很堅定不移的保證，因而在無形中有減弱品質保證的趨勢，反諷的效應開始似有若無地萌生。然後，出現只有單純「保證」的三行，一方面似乎是對一再保證的加強，暗中卻似對前述各種保證形式不耐煩繼續列舉；如果仔細體會，這一段的保證已形同內容空白，因為加強和減弱相互抵銷，變成空口「保證」而無內容的實質表現。最後一句「血的歷史曾向歷史保證」則急轉直下。任何明眼人皆知「血的歷史」，也就是戰爭，本身就要與和平牴觸的，不可能提供任何和平的保證，且以過去的實況「曾」證明其為虛假。結果，「保證」完全被顛覆，然後回顧前面的一連串形式保證，暗示或反證了其為虛有或虛無，而整首詩的意象無非是林弦設計來表現她理念的一些手段，同樣展現強烈的直覺反應。

不妨再以一首〈蟑螂〉來看林弦在表現上的特色：

祖母的手也搗不到的蟑螂
祖母的祖母的手也搗不到的蟑螂

白的腳也踹不及的蟑螂

黑的腳也踹不及的蟑螂

黃的腳也踹不及的蟑螂

機警逃過DDT的蟑螂

入主幽闇王國大開慶典的蟑螂

令我神經衰弱的蟑螂

想踩牠一腳

索性繁衍一屋給你踩的無恥蟑螂

令我英雄氣短的永恆蟑螂

忽然有一天

一隻死也不想死的肥蟑螂

褐腹朝天張爪舞足

無助地幾翻抽搐幾翻掙扎

任憑這樣那樣也毀滅不了的蟑螂

最後竟亡命於自我顛覆

永劫不復翻身

詩中把一些日常的經驗，化成林弦所要表現的材料，意象語頗為自然，以「祖母」再上推「祖母的祖母」，喻歷史之久；而白、黑、黃的腳，是以局部暗示整體，即白種人、黑種人、黃種人，或更擴大而言，為五大洲的各色人種，喻地理之廣，對蟑螂都無可奈何。人既無法對抗，甚至連殺蟲劑（DDT）也不能奏效。在無畏外界使出任何手段的情況下，蟑螂最後卻因「自我顛覆／永劫不復翻身」。

上引三首詩碰巧都以物象、意象或理念的自我顛覆為結束，這種想像大致上來自林弦對社會的不信任感，而個人的力量又無所作為。所以在詩中以意象表現的方式，求得心理補償，而這種表現應可喚醒有類似經驗的人的情感呼應。林弦有一段時期在媒體工作，還參與社會運動；甚至也投入街頭示威遊行，這種社會經驗成為她寫表現主義風格詩篇的心理基礎。

這三首詩也碰巧在語言表現上，一再重複地分別以「自由」、「保證」、「蟑螂」為句尾，可見林弦自顧重視她的表現手段，而罔顧讀者接受度，當然這樣的表現，有明顯加強喚起讀者情感傳染的作用，也有可能引起厭煩的反效果。但通常表現主義手法只會注意表現上的必要性，而鮮理會後果。

當然，林弦在中型詩的表現並非全然如此，也會有意象純淨的作品，像〈鳥〉：

電線上
玩著
摹仿走鋼索的
遊戲

抬頭
舉臂
眼朝前方

背後
彎成弦月的
弓

描寫鳥在電線上行走,林弦聯想到走索者的表演,「抬頭／舉臂／眼朝前方」其實完全是走索者的行為,而脫離了鳥的形象。但無論如何,這裡有雙重經驗(鳥和走索者)的重疊或結合,而這種境遇佈置了現場的危機,本身內在的危機。最後一段把「弦月」視為弓,似乎拉緊的箭矢待發,那麼更增加了一層外在的危機。整首詩以簡單的場景布置,呈現緊張的危疑關係,意象極為飽滿,但無法用來作為表現詩人理念的手段。

　　另外五首〈影子〉聯作，以各種不同角度和聯想表現對影子的不可信任。詩中表達對真實的衛護以及對抗虛假的作為，至為明顯，自然經驗少，反而都是憑自己的理念抓意象來提供服務。

　　意外地，林弦也會玩起怪詩的創作，例如〈牢房（一）〉：

　　面面相覷

　　牆牆牆牆牆
　　牆　　　　牆
　　牆　　　　牆
　　牆牆牆牆牆

表面上只用牆圍成方框表示牢房，裏面是空白，而牆是四邊「面面相覷」的。但這樣的表現雖然相當直覺，卻有多重的暗示性。四方／牆內的空白也可以暗示牢房內的人過著空白的歲月，虛耗生命。而「面面相覷」不只是四面牆壁，也暗喻著牢房內的同伴就是在「面面相覷」中度過空白的日子。在視覺上，漢字本身的象形也很有幫助，「牆」筆劃繁複，顯示牢房牆壁的厚實，右下方的「回」字產生根基堅固的視覺印象，而「爿」部首可以引起刁斗森嚴的城垛聯想。

視覺詩作為表現手段的試驗，德國表現主義畫家克利（Paul Klee,1879-1940）也有先例，他在1906年寫過一首短詩，題目就叫做〈詩〉：

水
浪在水上
船在浪上
在船甲板上面，一個女人
在女人上面，一個男人

其中物象水、浪、船、女人、男人，形成一層一層的立體關係，不過字面上的對位更像是水中的倒影。因為，本來現實上應該是水面上逐層上疊的層次，反而逐層下降，正好和水中倒影相對映。

林弦的〈牢房（一）〉重點只在自身俱足的四方牆，簡單有趣，一目瞭然，而「面面相覷」可視為提示或旁白，增加一點音效而已。

五、面面相覷，牆牆牆牆……

初試啼聲的林弦有這樣的成績，殊屬難得，兩種不同風格的詩作，穿插或並行發展，顯示林弦對詩的創作基本上採

　　取自然率真的態度，這正是林中弦音所傳達的隱喻本性。

　　基本上，林弦在短詩方面自然意象較為飽和，語言的機智和敏銳，常常把極為平凡的題材無限鮮活化，而語言的控制頗為精到。至於中型詩，似乎只顧表現，而稍微忽略了計算，如果把在短詩方面的努力，也移用到中型詩，應該能更為濃縮。

　　重要的是，林弦接下來的發展，不能把自己關進四方牆內，如何脫出檻外，把眼光投向四方，發展更具性格的特質，並且把自然經驗和社會經驗，如何加以融化和提升，使具有更開闊的視域，以及更深邃的根基，應該是值得努力的重點。林弦應該義無反顧。

《民眾日報》，1999.11.24～12.02

《淡水牛津文藝》7期，2000.04.14

林.中.弦.音

—— 林弦詩選

林.中.弦.音
　　　── 林弦詩選

林.中.弦.音
　　——林弦詩選

第二輯　弦音

林‧中‧弦‧音
—— 林弦詩選

第三輯　古典抒情

詠蓮　183

冬郊訪友　183

秋思　183

秋江　184

盆松　184

江邊遠眺　184

郊遊　185

溪山　185

夕望　186

歸燕　186

孤村　187

田家即景　187

梅花（一）　188

梅花（二）　188

梅花（三）　189

梅花（四）　189

春山（一）　190

春山（二）　190

春山（三）　191

春山（四）　191

春山（五）　192

春山（六）　192

春山（七）　193

春山（八）　193

采桑子【聽雨】（一）　194

采桑子【聽雨】（二）　194

踏莎行【落花】　194

憶江南（一）　195

憶江南（二）　195

憶江南（三）　195

第一輯

林中

春之祭

春（一）

花與花之間

雲與雲之間

蝴蝶忙著

捕風捉影

春（二）

藍藍的天，不信

翩翩的蝶，曾是

自閉的蛹

春（三）

依舊

青春永駐

死抱年齡秘密的古木

春（四）

花樣百出的季節

招蜂引蝶

春（五）

無端攪亂

一池春水

無心的柳伸長著手

春（六）

吻過嬰兒的風

輕撫枝柯交錯般

風霜的臉

春（七）

逐日加溫的春風

挑逗

滿街漸長的脖子

晴

太陽肯熱情賞臉

大地備感

光彩

驚蟄

驚天動地

種子們的

破土典禮

晨

早起的太陽吻乾
含羞花凝了終宵的
淚珠

觀瀑

白髮三千丈

春山已老
竟還如此嫵媚

蜜蜂

悵望

咫尺天涯的玫瑰

晾在蛛網的羽翼

破繭

重見天日時

不再固守

小小的囚牢

風

撲過

一陣花香

遍地芳草

紛紛醉倒

回首（一）

繁花漸捻漸黃昏

伊含蓄的唇角

微微揚起　一朵

待孕的春天

回首（二）

燈花漸捻漸凋零

母親眼角一滴淚

淹沒

浪子千里路

夏之戀

夏（一）

不慎落水

黏在草葉的粉圓

青蛙下的卵

夏（二）

中暑的鴨子

療養的地方

荷葉撐起的傘

夏 (三)

葉綠素還給太陽

水份還給雲朵

曬穀場上

軟趴趴的蘿蔔葉

夏 (四)

蟬在陽光樹上

蛙在月下池畔

把纏綿的夏之戀曲

對唱得如此

理直氣壯

夏 (五)

摘不到龍眼的小孩

抱緊蟬聲哭泣

蝌蚪

除了，還是，，，

搖頭擺尾

文思枯竭的水草

初夏庭園

瞬間

驚起小紅鳥

飄墜的一枚熟黃果

在綠色深深淺淺的擁吻間

不再若隱若現

閃耀金黃的一葉

仲夏

輕聲細雨：我愛妳

焦草的心

復活了

昭和草

初夏

飄過原野

時空錯亂的雪

風扇

在盛夏的軌道

熱得團團轉

旱

無力地垂下

時時向長空乞雨的掌

渴昏的鵝掌藤

晨露

瞄準草葉，射出

千萬顆小水鑽

旭日的金箭

蟬

你是夏日快樂的最高音

我是不得清靜的樹

我展盡歌喉訴盡心事

你是不解風情的樹

秋之思

初秋

一聲嘆息

落

葉

打破群山的靜默

秋（一）

天高了

太陽遠了，所以

風都涼了

秋（二）

風在林間流浪
楓的小紅掌
把月的臉蛋
越擦　越亮

秋（三）

樹　瘦了
鳥　啞了
歌舞著　不知愁的風

秋（四）

慫恿滿山葉子
私奔
喋喋不休的風

秋（五）

被風放逐的
樹葉，無依地
隨風

秋（六）

難耐長夏煎烤

開始舞起清涼秀

日漸裸體的樹

秋（七）

翻閱

每一片葉子

即將流浪的訊息

秋天的風

秋（八）

吹皺的湖面

風霜紋飾過

母親的臉

秋（九）

鳥聲啁啾

被風撕成

落葉翩翩

秋（十）

乳白的桂花香
秋天的味道

秋（十一）

落在白髮間
一枚黃葉，背叛
整個綠夏

秋色

　不斷愛撫

　晶亮的楓葉

　透明窗內

　詩人的抹布

秋蟲

　抱緊柳枝

　等待　一陣風

　合作　向雲天

　盪鞦韆

楓

風在歌唱

千隻手　萬隻手　都

鼓紅了掌

芒草

風靡秋

天啊

山的白髮

葉

失散的手足

團聚於清晨

小和尚的帚下

落葉（一）

一葉葉

一聲聲

鋪成大地

壯麗而柔媚的胸膛

落葉（二）

黃蝶陣陣

不戀花

裝飾秋

風的裙襬

落葉（三）

為了趕一趟
生死以之的飛翔
摹擬了一生

落葉（四）

顫慄一生
只為擺出
絕美的姿勢

落葉（五）

花木寫給大地的情詩
多事的風不停地校對

紅菱

神祕紫紅的微笑

朵朵迎向

你垂涎的嘴角

孤芳

凝聚

三千驚喜的目光

遲開的一朵蓮

冬之慕

冬（一）

縮著身，想念

爐灶體溫

回家的腳步

轉急促

冬（二）

為了歡迎雪

樹葉

讓出了

整座山

冬（三）

不再拿傘　去擋
越來越冷淡的
太陽

冬（四）

風的巨掌
抹來冰的霜
太陽的臉
寒了

冬（五）

天空把禦寒的

雪衣留給

最冰寒的大地

冬（六）

致贈春天的禮物

包裹在雪花下

寒

空氣越冷

風逃亡的腳步

越急亂

雪季（一）

積雪有情，牽絆行人的腳
積雪無情，阻礙奔向情人的腳

雪季（二）

年年總要流行一次
奉行純白的簡約主義

雪地 (一)

越簽越寒心

天與地的

合同

雪地 (二)

來自天空的

白皮書

年輪

```
        果
     的     的
  種        花
  的         的
  芽        葉
     的     的
        幹
```

四季風

序幕

麻雀啄去

最後一顆星，天空留給

太陽，作最閃亮的主角

晨（一）

兩條蟲

一滴草葉的口水

小鳥的菜單

晨（二）

太陽吻上臉之前

天空早已羞紅

半邊臉

晨（三）

最早甦醒的

並非鳥聲

是玉蘭花香

多情

為了從不同角度

來看我，太陽

不惜耗去半天

從東窗跋涉到西窗

落日

冷風裡

唯有我和我的影子

靜靜觀賞夕陽如何

吞沒海洋

夕陽 (一)

一陣晚風

掠

過

收颳了

千金難易的那枚

紅幣

夕陽 (二)

反覆淪陷

夜的世紀大陷阱

黃昏

西山

最愛典藏

夕陽

彩霞

日與夜的格鬥

東西各一

血洗的戰場

夜（一）

向晚時

——開釋

被太陽俘虜的星星

夜（二）

半日革命

推翻太陽

收復天空版圖的星月

月夜

誰

微笑的唇

印在多雀斑

憂鬱的臉上

朔

新月不出

光明

尚無眉目

曇

摸黑造訪人間

迷了歸途

盆栽的一朵雲

夢（一）

忽而來生

忽而前世

通往現實的腳步

踩得多凌亂

夢（二）

白天想遺忘的

竟趁暗夜

——偷渡入境

電話

耳朵伸長

以後

嘴巴無遠弗屆

煙囪

廠房的菸斗

噴出不絕如縷

天空的二手煙

煙火（一）

一眨眼

看盡

人們的驚愕

煙火（二）

來不及化成星座

半途而廢的螢火蟲

煙火（三）

一束火

輻射

命中所有的

眼珠

椰子樹

為了告訴天空

大地的故事

而拚命長高

天空

戴不住的

太陽眼鏡

片片的流雲

雨（一）

漂洗

陰鬱天空的水

雨（二）

吻別天空的

相思淚

雨（三）

俯身向夢土

深情一吻

不再飄泊的雲

雨（四）

龜裂的大地

天空用細柔的絲線

縫補

雨天

哭泣的臉

向行人發出

不平之鳴

被輕忽的紅磚道

暴雨

天空哭得大地

柔腸寸斷

颱風

浪

四處逃竄

找

不到

避風

港

暴風

再急躁的哨音

也糾正不了

東倒西歪的樹

麻雀

一陣聒噪
把天空飛成
雀斑臉

蝙蝠

月下，仙人掌上
緝拿不住的
採花賊

松

葉落時
針針繡向
日漸增肥的沃土

燭（一）

焦灼的一生

有血，光與影的對決

有淚，日與月的訣別

燭（二）

在暗無天日的空間

悄然淌下，焚心蝕骨

時間的淚

湖

嘮叨的風一來
便皺起臉
只想獨自靜思的湖

時 間

你也逃不過
空間的雕塑家
不眠不休的時間

詩

無所不在
心靈的
按摩師

洋蔥

剖你的心
流我的淚
愛的難題

野薑花

迷醉於破蛹的清芬

羽化後

猶不捨飛離的

白蝶

巢

不會摸魚

會唱搖籃曲的樹

水鳥的托兒所

海（一）

不斷擊潰浪
登陸開花的願望
無情的海岸

海（二）

誰
用筆繪出海岸線
教流浪
回頭

海（三）

看海的人
都已遠去，留下寂寞藍藍
白白拍岸

胎記

母親為

醞釀十月的傑作

落款

夜蟲

節節

攀升竹梢，悲悼

摘星夢碎

鳥

俯衝

水中自己的影

彈升時

口中的魚

根（一）

不斷地

深入

探索長高的秘密

根（二）

下探

是為了撐住

更高的天空

相片

四方框
住了
往日情懷
蒙娜麗莎的微笑

向日葵

暗夜裡，猶作著
黃晶晶的
白日夢

氣球

從我的口，不斷

膨脹

遠走高飛的夢

盲進

誤入室內四處撞壁

不知退一步海闊天空的蛾

流浪

迷惘的雲

教風決定

方向

點水

紅蜻蜓和溪水的

戀情，不過是

浮光掠影

小山澗

猶掛著

奔赴大海的

一

線

希

望

破鞋

我走不回你的腳
　　正如
你走不回我的春天

湖

清明如鏡的水面
天空俯身擁抱
蒙了塵的鏡片
雲朵都逃跑

水族箱

水蘊草花間

兩百顆泡泡

雄鬥魚的愛之巢

漁獲

魚船回航的吃水度

漁婦笑容的重量

鬧鐘

早上七點整

切斷

我搏命演出的劇情

噴泉

擁抱天空

是多麼困難

折翼時　驚見

星月伏在腳下

傘

七夕雨千行

離人淚兩行

擋不住的惆悵

草

在水與岸的衝突中
左右為難的水草

水草

草欲靜
而
水欲舞

瀑布（一）

軍衣上，飄逸

出色的白絲巾

品味不凡的山

瀑布（二）

癡戀崖下風光

性急地

千仞併成一步

睫

淚

海

之

防波堤

山徑

充滿坎坷命運

邁向天涯的途徑

後遺症

配鏡後
找尋的時間
多過戴著的時間

花

花木最耀眼的
身分證

林.中.弦.音

—— 林弦詩選

第二輯

弦音

偶成

我立花中
花立霧中
霧立眼中

霧觀花　花觀我
而　花非花
　　霧非霧
　　我非我

鳥

電線上
玩著
摹仿走鋼索的
遊戲

抬頭
舉臂
眼朝前方

背後
彎成弦月的
弓

風

一到秋天

就闖進書房　複習

去年的功課

不信找不到

傳說中的金與玉

於是

書葉越翻越快

誦聲越傳越大

直到

不堪其擾的我

一把將他趕出窗外

去掃滿街的

落葉

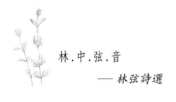
指揮家

爸爸是樂團首席指揮

神奇的棒子一揮

大家就如痴如醉

放下指揮棒

他凡事都聽媽媽指揮

爺爺一喊渴

媽媽就奉上茶

奶奶一喊累

媽媽就上前捶捶背

只要

妹妹小手指向東

爺爺就往東

妹妹小手指向西

奶奶就看西

原來

最最神氣的指揮家

就是咿咿呀呀的她

保證

我保證

我敢保證

我用人格用生命向您保證

我們保證

我們敢保證

我們用品格用信譽向您保證

政黨向人民保證

老闆向員工保證

商家向顧客保證

男人向女人保證

女人向小孩保證

蜜蜂向花朵保證

浪花向沙灘保證

風向答案保證
愛情向永恆保證
上帝向靈魂保證

保證
保證
保證

血的歷史曾向和平保證

時鐘

圓圓時鐘裡
團圓三兄弟

腳最長的性子最急
他秒秒都不休息

不長也不短的那個
也是分分轉
六十步得趕回原點

腳最短的喜歡慢吞吞的散步
走了半天才繞上一圈

勞碌命的他們
分分秒秒時時刻刻不得休息

一旦歇了腳

　　便要遭人　修理

修理後再賴著不走

　　便要遭人　唾棄

歲月

當我四腳匍匐時
妳是如何引導我
用雙足跨出第一步

當我雙眼茫然背對妳時
妳是如何千叮萬囑
別迷途

當我們再度四手交握時
變成拐杖的我
被歲月灼傷了眼的妳

童年

── 給小妹秀勳

下課十分鐘
剛學會寫「愛」的妳
奔過大操場
沸騰如蟬鳴的
嘻鬧聲

靦腆的妳無語
默默遞上一把東西

暈眩的我好奇地
揭開　仔仔細細地
裹著它的
手紙　一層又一層

啊　比手紙還白的是妳佐食的鹽

　　比紅番茄還甜的是妳羞澀的笑

　　比梅子還

酸的滋味　被歲月反芻成

酸中帶甜的幽香

煮飯花

當夕陽冷卻　蝙蝠出沒
紮根鄉土的我們
葉葉綠色的心　開始
吹出朵朵長管喇叭

恥與牡丹爭壤
我們堂堂弱勢族群
堅持著貧賤不移的決心

白色的　黃色的　紅色的
容顏　不為取悅人
我們是自己的主人

生怕有誰落單
我們約好成群結隊地開

要把細弱的蕊

在黯然的天地間

蔚成一片驚呼

非武力抗爭的戰火

正在寂靜中四下蔓延

肩並肩　臂環臂

誓將黑暗勢力

一寸一寸逼出

我們的視野

蟑螂

祖母的手也搗不到的蟑螂

祖母的祖母的手也搗不到的蟑螂

白的腳也踹不及的蟑螂

黑的腳也踹不及的蟑螂

黃的腳也踹不及的蟑螂

機警逃過DDT的蟑螂

入主幽闇王國大開派對的蟑螂

令我神經衰弱的蟑螂

想踩牠一隻

索性繁殖滿屋給你踩的無恥蟑螂

令我英雄氣短的永恆蟑螂

忽然有一天
一隻死也不想死的肥蟑螂
褐腹朝天張爪舞足

無助地幾番抽搐幾番掙扎
任憑這樣那樣也毀滅不了的鬼蟑螂
最後竟亡命於自我顛覆
永劫不復翻身

夜別

一盞燈
一個影兒
影中有你
影中有我

一排燈
兩個影兒
我在這頭
雲彩在那頭

一盞燈
醒著惆悵
一個夢
吻醒兩地希望

觀瀑

原以為

不能裁成衣

不能製成帽

最無用的白練是你

多少人卻為你

翻山越雲來膜拜

雙瞳是利剪

裁一匹

鳥聲烟雲帶回去

放在深深的記憶裡

醞釀靈秀的山水氣息

讓我也剪一匹

晶瑩剔透捧回去

就用你　拂拭心靈的塵垢
就用你　包紮心靈的創口

裁你一襲
自由逍遙穿回去
就讓我枕你瀑聲於
每夜每夜
就讓你呼喚我於夢中
千遍萬遍

我越用越有餘的這匹練
也餽贈他一幅
讓他把我素描得　靈靈秀秀
讓他把我們彩繪得　山山水水

影子（一）

如此糾纏不放
如此因時因地而
詭譎如雲　虛幻如風的
我的影子

如此令我驚愕
如此令我不敢相認的
我的影子

究竟
哪一個形貌才像
真實的我

或者
我才是真實的他的
投影

影子（二）

熄燈

黑暗中

影子全不見

是我消滅了影子

或者

黑暗即是她的

本色

影子（三）

一路追索真相

我用相機去拍

我用錄影機去捕

我用湖用鏡去照

我問天

　　　地回答我以流變的影

我問情人

　　　敵人回答我以相反的真相

為了追索真相

日以繼夜

我用心去

猜

影子（四）

為了
不想一輩子費心去猜

我唾棄相機
我毀掉錄影機
我搗碎鏡我遠離湖畔
不問天不問情人
我拔腳奔逃回家
影子一路緊緊追隨
我奮力關門
影子側身而入

我掩目
掩不掉心中的幢幢黑影

心

如何打破？

影子（五）

我被逼

走投無路

於是

我放開手張大雙目

我冷冷逼視

四面八方包圍過來的

影子

忙碌的季節

昂起　青空的胸膛

撲上　玫瑰的臉龐

昂起　雲雀的啼唱

撲上　玫瑰的心房

昂起　浮雲的衣裳

撲上　玫瑰的臉龐

昂起　暈眩的金光

撲上　玫瑰的頸項

昂起　烟霧的密網

摑來　蝴蝶的翅膀

　　鑽入

　　一個蜂巢

　　鑽出

去

忙　茫　盲

旅

那個人

下車了

我們發現

他消失在風裡

下車了

那個人

我們發現

他消失在叢林裡

下車了

回首驚見

你們消失在一聲嘆息裡

飄過來

昨夜的風

飄過去

我僅能描述

我的旅途所見

而　誰又上了車？

　　　　誰又下了車？

親愛的你

想必還在旅途

我無緣一睹的風光

你要替我用心觀賞

沒有我的陪伴

但願

你一路平安

跫音

行過千疊山

涉過萬重水

走在人群與人群之間

閉上眼　浮現的是一張臉

掩住耳　聽到的是一種迴聲

閉上眼掩住耳　觸到的是

呵　那個為你凝眸

諦聽你跫音於眾聲喧譁的人

那個隻手擋住漫天風雪

陪你行經暗無天日

予你山的堅持海的溫柔的人

那個在四面瘖瘂中
為你撥奏心弦　詠嘆四季
呼喚你於

千山之外的
那個人

鳥有無限自由

鳥有無限不為人知的自由

鳥有不勞而食的自由

鳥有不擇而棲的自由

鳥有對檻歌唱的自由

鳥有對主人舞蹈的自由

鳥有就地拉屎的自由

鳥有遺棄風裡來浪裡去的自由

鳥有近視的自由

鳥有兩腳發軟的自由

鳥有啄掉翅膀的自由

鳥有遺忘愛情的自由

鳥有遺忘敵人的自由

啊啊　鳥

自由

鳥有遺忘自由的自由

捉迷藏

白天和黑夜

老在捉迷藏

只有黃昏和破曉前

一方差點兒捉到另一方

白鷺鷥和蝙蝠

也在玩捉迷藏

只有黃昏時

不知誰會被活活捉住

我和祖母也在捉迷藏

多年不見的她

昨夜夢中

雙手梳黑了白髮

淚

昨夜
在眼眶極欲射落的
一滴淚

被暖烘烘的幻夢誘回淚管的
昨夜的一滴淚

被冷森森的晨光喚醒的一滴
昨夜的淚
在眼眶不甘地打轉
掙扎著：
軟弱地射落
或吞入？

寂寞的燈

山徑的路燈向群山炫燿著一己的寂寞
船上的漁火向大海袒露著海般的寂寞
街燈向異鄉人泣訴著曲曲折折的寂寞
昏黃燈暈向滿室酒客致上無底的寂寞

惟獨
耽讀〈寂寞的燈〉詩篇的
我的檯燈
一夜
忘了寂寞

玉蘭花

高瞻遠矚的玉蘭花：
我懷抱滿腔芬芳夢想
陽光和雨水不願寂寞獨享
您翠綠點燃我重生欲望

走過四季
任陽光再亮
我看不見真正的自己

您的風光我未企及
請耐心等我摩得您的風雲
識得您的心事

時間長到看不到
空間大到摸不著

我明日的方向

唯立於時空中的您
堅信我也是一棵能抗寒
會飄香的小玉蘭

釣客

兩個釣客熱烈討論著
釣魚的種種姿勢及方法
最後決定　互換魚餌及釣竿

眼看自己的魚被對方鉤上時
突來的一陣悔意浪湧起來
撲通一聲
屁股互撞出兩個落水者

快逃！

妄想逃開的我
竟自以為是一尾
秀色可餐的美人魚

徒然習得一身釣客絕技

以及啃魚的細細緻緻方程式

我僅僅是

日也是　夜也是

立也是　躺也是

無奈的　一顆

岸石

背影

遠自海湄來

　　敲開紅門的那人

教我如何

　　傳真詩心的那人

神遇繆思

　　書寫象徵的那人

匆匆　來又去的

那人洩露了福爾摩莎美麗的秘密

那人俠情地輸血給蒼白的世紀

那人是臨風繁花的喬木

走過小小庭院　悄立六月黃昏

將我望眼在巷口打個結的

那人的背影飄逸

依稀的幽幽玉蘭花香

七月的靜默小徑

被沙沙踩響

從此

落葉不再被清掃

匆匆地　去又來的

將我望眼牽引

入夢的

那人

等待

鎖定黑名單我開始
蒐集那人的言行舉止
以備日後逐一入檔存證

那人是利箭是疾矢
狠狠地刺進我
毫無設防的心房
讓我不由自主地
一陣悸動

那人衝勁十足
以短跑健將的不凡身手
迅速霸佔我
字字築成的版圖

我為他忘情地喝采我期待

羚羊的腳也能始終不倦怠

但不知那人是否具備運動家精神

堅持跑完我所有日記的全程

等在光榮的衝刺線

我手持眾望所歸的獎杯

哦不

寧可頒贈他的是獨一無二的桂冠

那赤裸的芬芳勝過一切的花香

那奪目的光華遠超過海上的月光

用全部的歲月我等待

那人不負我唯一的

等待

香蕉花

濃情的陽光和雨水

輪番來獻吻

亮在長長的夏日

懸垂著紫紅的絕色吊燈

因炫惑於自身的豐碩

遺忘了花朵應盡的義務

庭院深深裡唯一的華麗

儘管搔首弄姿

在風中在月下

終究結不出像樣的

成串果實

不死心的飛鳥依舊

每日每日早也來晚也來

老農般地殷勤

巡視

夜讀

當夜幕

四垂

我翻開

扉頁　閱讀

一首詩　輕輕地

我朗讀以

唇語

那扉頁　白得十分

徹底

我讀它千遍

萬遍

測得

一首詩的

長度是
一整個　藍透了的
液態的
夏夜

無字的
詩
密密麻麻甜膩膩的你的
名字

病

自從你離去

我患了一種病

恰似窗前

一枚碧葉　淚滴般

淒美地

墜地

自從你離去

我生了一場病

恰似正藍的海水

一尾游魚　盲目般

頹然地

擱淺

我陷落無人的

靜美夏季

擱淺著

深深淺淺的

回憶

我努力地想

恢復呼吸

終於

你的歌聲

揚起　壓過

突來的霹靂

陣雨

詩歌

聽在樹的耳裡

鳥兒的每一串鼾聲

每一陣沙啞，都是

絕美的

情歌

看在山的眼裡

樹的每一葉手勢

每一筆枯枝，都是

極動人的

情詩

我聽見鳥兒謳歌

　看見群樹婆娑

在他和我

全然自由的

夢土

返鄉

橘紅的天空的眼珠

盯在車窗透明的玻璃上

左一顆逼視我蒼白的臉

右一顆透視我藍色的心

在漸行漸遠於你的

歸鄉的路途上

悄悄天色轉黯

有一種苦澀澀的心緒

灼灼燃起

在遠離於你的城市

古老的月光把鄉間小徑

剪成舉步維艱的銀色愁腸

在漸行漸近故鄉的途上
忍不住
返身化作翩翩飛鳥
急急鼓翼投向你的懷抱
我永不遷徙的故鄉

夢土

說伊是繚繞的河的
那人是山

說伊是包圍的海的
那人是島

河流始終堅持纏綿的旋律
山脈回報以常綠

海洋堅持深不可測的情意
島嶼回報以千年萬年　不移

蕨

不知何時

牆角掙出了一抹新綠

自水泥地手指般的縫隙

牆外高高高高的樹和樹

長年霸佔日月光華的天空

彼此爭奪漫天的雲霞

有些還綻出喧嚷的花

而我小小的蕨

只是一貫地獨立無語

一場瘋狂的颱風

使得繽紛的花朵不知去向

高聳的枝枝葉葉紛紛離棄主幹

一片毀容後的殘敗景象

而我矮矮的蕨
依然柔韌獨立

拒向蒼天爭寵的蕨
輝映著斑駁而灰敗的牆
來自苦難瘠地
活在樹陰籠罩下
竟能將其本色
淬礪得這般翠綠

我深情而無悔的蕨
一句話也沒說
只是用生命忘情地演出
自己和土地的故事

盆栽

為了向仲夏的天空索取

豐沛的陽光

從陰影層層裡

被移殖為一棵盆栽

噓寒問暖

來自他忽憂忽喜的眼神

焦渴時

他便及時慷慨澆灌

春泉般的水

做為一棵盆栽

有時奮力抖擻枝葉

學蝴蝶飛翔

無非想博得他
由衷的謳歌與佇立

有幸作為他的盆栽
最想傾吐朵朵含笑的花
像是字字珠璣的詩篇
還帶著緋紅的羞澀
這樣
他的心花便會掩不住地怒放到
春陽般的臉上

醞釀濃郁花夢的盆栽
有如幸福洋溢的情人
俘虜了他朝朝暮暮
關愛的眼神

燭（一）

面對宇宙的黑暗

孤獨地點燃

崇尚光明的心

拚命

把夜燒盡

一滴淚

一句愛的呼喚

一生血淚

忍不住

燭（二）

再虛弱

無論如何

也要在四面黯然中

努力站直

顫慄

不為泣訴

焚身的恐怖

滴滴血淚

照亮他人的明日

同時驚見當下

自身的生命　無限

美的悸動

如果，你也有心

必然也能洞燭

淚光中，我含笑的

溫柔

黃昏

熱騰騰的

稀飯

配著　乘涼的果子

淋入　尚未焦黃的月光

鄉下人的晚餐

刷牙

一口
以色易色的陷阱

一場人類集體的
漂白運動

一朵清芬的白蓮
在雙唇間，被蹂躪成
無以名之的色
相

刷牙
為了清理口水戰場
　　消滅血腥證據
在晚禱前

螞蟻

他們自動歸隊

用芝麻般可憐的身體

把營生的行列拼成

萬里長城般壯烈

不需要斑馬線與紅綠燈

也不勞警察來糾正

川流不息中

從無交通意外事故

就算再忙

對迎面而來的同胞

都不忘貼吻焦灼的黑臉

親切地道聲你好嗎

用卑微之軀織就一條
細緻的黑色小河流
這就是讓人不敢小看的
螞蟻國的生產線

牢房（一）

面面相覷

牆牆牆牆牆
牆　　　牆
牆　　　牆
牆牆牆牆牆

牢房（二）

四面牆

圈住

可供旋踵的

自由

牢房（三）

面壁思

過

往

過與非過

皆往矣

鳥的自由

把鳥鎖進鳥籠的人
用同一雙巨掌
把鳥釋出囚牢

從此
他口朝天空大聲宣告
他是賦與鳥
　　自
　　由
　　的
　　人

稻草人

高

高

站

在黃金時代的深秋田園

　威風地

　指揮

　風

　的進行曲

自由的

鳥

只敢

繞道　遠遠觀賞

當稻草人

一個個列入歷史的

失蹤人口

風，四處撞壁

天地，日見孤寂

母鴨

從天而降

血腥的老鷹

衝向

無知的小鴨

溫馴似水的母鴨

立刻

血脈賁張

變臉

成為凶悍的

戰士

河流

帶著源源不絕

群山的祝福

有時低吟，有時激昂

不眠地，傳唱古老纏綿的戀曲

兩岸山水

　　　有鄉村有城鎮

　　　有富貴有貧賤

不論太陽底下或月光中

總要讓自己　閃閃發亮

愛的旅途，坎坎坷坷

偶爾迷途，也不停息奔波

流經荒漠，孕育綠洲

綠色，是河流淚濕的腳印

萬紫千紅，是河流心血的結晶
雖然前途多險厄，也絕不回頭

河啊河，流啊流
流經千重山，流成萬重水
沉澱遊子的鄉愁

河呀河，流呀流
流成　大地的生命線
匯成　海洋的愛情線

芒草

隱逸水湄山間

沉默的一批

哲學家

歷盡人間春夏

想白了髮

秋天的問題

落葉紛飛地襲來

抖都躲不掉

一貫點頭或搖頭的思想家

在一夜轉急

西風的咄咄逼問下

依舊集體用是非題來作答

不知
冬天能否思索出宇宙
終極的答案

沙漏

天地之間

滴

漏

春夢・蟬聲・秋雲・細雪

天空

在天空的拼圖裡

煙是徹底虛無的道家

雲是不知所終的哀愁女子

候鳥是秋天最急就章的聲樂家

肩挑萬里長空的鷹

慣於獨自嘯傲

　　　獨自清醒的翱翔

但在面對天地悠悠的蒼茫裡

堅毅的雙翼有時也不免善感成

晚秋黃昏的落葉

家

張開的嘴

吞入

一張張

真實的嘴臉

吐出

一張張

消化不掉的面具

夕陽

半天

烈燄熬煉

禁不起旅人

一聲輕嘆

易碎的璀璨

時晴時雨時陰

難卜明日命運

日復一日

宿命地輪迴

挽不住墜落的

水晶球

第三輯

古典抒情

詠蓮

采蓮人去暮天霜，花落枝空葉半黃。
誰說今宵憔悴甚，臨風猶自理殘妝。

冬郊訪友

雲山古道遶羊腸，藏葉寒鴉噪夕陽。
敗草無情皆礙馬，故人久立暮天霜。

秋思

小樓一夜故園心，坐盡寒燈秋意深。
想到明朝行腳處，山山黃葉減疏林。

秋江

江風蕭颯霜初降，十里蘆花拂淺灘。

照影不知秋水冷，一舟容與自憑欄。

盆松

千林凋盡感無涯，獨此盆松意可嘉。

堪慰孤根長獨立，蒼蒼猶可傲霜華。

江邊遠眺

無限風光眼底收，半天霞影落沙洲。

蘆花一白驚鴻過，日暮相思心正秋。

郊遊

一雨春江碧，桃花夾岸生。

荒山多野趣，幽徑少人行。

岩峻泉流急，風柔葉落輕。

耽遊閒自適，歸後覺心清。

溪山

溪山春自好，對景且盤桓。

細雨花千樹，浮雲夢萬端。

垂楊依水碧，飛瀑隔烟看。

放艇武陵去，悠然天地寬。

夕望

峰外蟬聲渺，登高遠望長。

天涯橫紫氣，海上有歸航。

原野風初急，人家酒正香。

遠嵐明月上，山色正蒼茫。

歸燕

身似風前柳，心長戀舊扉。

尋春歸有信，覓侶意多違。

海角孤帷住，天涯比翼飛。

離人相憶否，故國又芳菲。

孤村

孤村唱曉家家雞，羲和破烟千峰齊。

老梅壓亂萬嶺雪，雪中時有幽禽啼。

桃霞初泛柳風動，碧波高漲春雲低。

新芽爭吐欲枯樹，空谷滿是閒雲棲。

眼前一幅太平景，畫中人倚江樓西。

田家即景

飛禽日日上闌干，茅屋三椽傍淺灘。

一雨初成新鳳籜，半杯欣試小龍團。

搖香早稻翻金浪，弄影疏松映碧湍。

數月幽居消俗慮，雲山容我百回看。

梅花（一）

仙姿不與眾芳同，獨抱冰心戰野風。

此夕含怨香未吐，相逢不語月明中。

梅花（二）

幽香淡淡展芳容，掩映寒塘瘦影重。

玉蕊只應冰雪比，最難冷月水邊逢。

梅花（三）

群芳未展只寒葩，寂寂幽香近水涯。

照影橫斜花似雪，靜看瘦影自权枒。

梅花（四）

獨尋幽谷覓春光，冉冉東風吹暗香。

不與夭桃爭豔色，自甘冰雪在江鄉。

春山（一）

無須一笑也嫣然，恰似佳人臨鏡前。

綠滿高林春意足，斜陽添色更堪憐。

春山（二）

春山深處有人家，瀑急岩高竹影斜。

幾處江村迷客眼，半天歸鳥半天霞。

春山（三）

結廬人境遠塵囂，車馬聲稀興自饒。

十里軟紅何足戀，山長水闊愛漁樵。

春山（四）

花滿前村柳色閒，一尊未盡唱陽關。

已知明日愁深處，孤棹斜陽雲水間。

春山（五）

冉冉春光囀曉鶯，和風拂面馬蹄輕。
從今好景須頻顧，柳綠花紅遠岫明。

春山（六）

樹因喜雨婆娑舞，山隔珠簾入眼迷。
憶漲秋池波瀲灩，西窗夜雨聽濤時。

春山（七）

山前山後柳毿毿，雲外歸來燕剪嵐。
欲把玉鞭何處指？可憐春色在江南。

春山（八）

山外青山柳外樓，玉鞭輕舉憶前遊。
雲遮柳隔春將暮，樓上人猶駐遠眸。

采桑子【聽雨】（一）

劇憐風雨黃昏後，花自飄零，人自飄零，影瘦燈寒百感縈。

敲窗盡是離人淚，點點淒清，夜夜淒清，夢斷高樓不忍聽。

采桑子【聽雨】（二）

誰將離曲翻新調？風也無情，雨也無情，待到平明掃落英。

西窗有恨將誰語，醒也淒清，醉也淒清，夢裡何曾到謝亭？

踏莎行【落花】

春雨初收，春烟淡了，惜春翻恨春歸早。

可堪殘蕊對斜陽，還勞蝴蝶來縈繞。

愁立弓橋，驚看去鳥，名花總為多情惱。

翩翩猶向玉簾飛，杜鵑聲裡香魂渺！

憶江南（一）

多少事，如夢復如煙。點點飛花驚夢短，
冷冷幽意訴琴弦，珍重駐華年。

憶江南（二）

深院冷，落葉滿階前。無限流光有限事，
半為惆悵半為憐，能不憶當年？

憶江南（三）

長堤岸，波遠翠煙寒。心底故人何處是？
望江樓上獨憑欄，明月照關山。

林.中.弦.音
　　── 林弦詩選

國家圖書館出版品預行編目

林中弦音：林弦詩集 / 林弦著. -- 一版. --
臺北市：秀威資訊科技，2010.01
面； 公分. -- (語言文學類；PG0333)

BOD版
ISBN 978-986-221-385-8 (平裝)

851.486 98024509

語言文學類　PG0333

林中弦音

作　　　者 / 林　弦
發　行　人 / 宋政坤
執 行 編 輯 / 詹靚秋
圖 文 排 版 / 蘇書蓉
封 面 設 計 / 陳佩蓉
數 位 轉 譯 / 徐真玉　沈裕閔
圖 書 銷 售 / 林怡君
法 律 顧 問 / 毛國樑　律師
出 版 印 製 / 秀威資訊科技股份有限公司
　　　　　　台北市內湖區瑞光路583巷25號1樓
　　　　　　電話：02-2657-9211　傳真：02-2657-9106
　　　　　　E-mail：service@showwe.com.tw
經　銷　商 / 紅螞蟻圖書有限公司
　　　　　　台北市內湖區舊宗路二段121巷28、32號4樓
　　　　　　電話：02-2795-3656　傳真：02-2795-4100
　　　　　　http://www.e-redant.com

2010 年 1 月　BOD 一版
定價：230 元

讀 者 回 函 卡

感謝您購買本書，為提升服務品質，煩請填寫以下問卷，收到您的寶貴意見後，我們會仔細收藏記錄並回贈紀念品，謝謝！

1. 您購買的書名：＿＿＿＿＿＿＿＿＿＿＿＿＿＿＿＿＿

2. 您從何得知本書的消息？

　　□網路書店　□部落格　□資料庫搜尋　□書訊　□電子報　□書店

　　□平面媒體　□ 朋友推薦　□網站推薦 □其他＿＿＿＿＿＿

3. 您對本書的評價：(請填代號　1.非常滿意 2.滿意 3.尚可 4.再改進)

　　封面設計＿＿　版面編排＿＿　內容＿＿　文/譯筆＿＿　價格＿＿

4. 讀完書後您覺得：

　　□很有收獲　□有收獲　□收獲不多　□沒收獲

5. 您會推薦本書給朋友嗎？

　　□會　□不會，為什麼？＿＿＿＿＿＿＿＿＿＿＿＿＿＿＿

6. 其他寶貴的意見：＿＿＿＿＿＿＿＿＿＿＿＿＿＿＿＿＿

＿＿＿＿＿＿＿＿＿＿＿＿＿＿＿＿＿＿＿＿＿＿＿＿＿

＿＿＿＿＿＿＿＿＿＿＿＿＿＿＿＿＿＿＿＿＿＿＿＿＿

＿＿＿＿＿＿＿＿＿＿＿＿＿＿＿＿＿＿＿＿＿＿＿＿＿

讀者基本資料

姓名：＿＿＿＿＿＿＿＿＿　年齡：＿＿＿　性別：□女 □男

聯絡電話：＿＿＿＿＿＿＿　E-mail：＿＿＿＿＿＿＿＿

地址：＿＿＿＿＿＿＿＿＿＿＿＿＿＿＿＿＿＿＿＿＿＿

學歷：□高中(含)以下　　□高中　　□專科學校　　□大學

　　　□研究所(含)以上 □其他＿＿＿＿＿＿＿

職業：□製造業 □金融業 □資訊業 □軍警 □傳播業 □自由業

　　　□服務業 □公務員 □教職　□學生 □其他＿＿＿＿